无敌钥匙奶奶：典藏版 . 第二季

写给钥匙奶奶的密信

[日] 手岛悠介 著
[日] 冈本飒子 绘
林少华 译

人民东方出版传媒
People's Oriental Publishing & Media
東方出版社
The Oriental Press

图字：01–2023–2519号

图书在版编目（CIP）数据

无敌钥匙奶奶：典藏版．第二季．写给钥匙奶奶的密信 /（日）手岛悠介著；（日）冈本飒子绘；林少华译．—北京：东方出版社，2023.10
ISBN 978–7–5207–3556–8

Ⅰ.①无… Ⅱ.①手… ②冈… ③林… Ⅲ.①童话—日本—现代 Ⅳ.① I313.88

中国国家版本馆 CIP 数据核字（2023）第 127518 号

无敌钥匙奶奶：典藏版．第二季
（WUDI YAOSHI NAINAI: DIANCANGBAN. DI-ER JI）

作　　者：［日］手岛悠介
绘　　者：［日］冈本飒子
译　　者：林少华
策 划 人：黄　娟
责任编辑：潘朵朵
责任审校：曾庆全　孟昭勤
出　　版：东方出版社
发　　行：人民东方出版传媒有限公司
地　　址：北京市东城区朝阳门内大街 166 号
邮　　编：100010
印　　刷：北京文昌阁彩色印刷有限责任公司
版　　次：2023 年 10 月第 1 版
印　　次：2023 年 10 月第 1 次印刷
开　　本：880 毫米 ×1230 毫米　1/32
印　　张：35.5
字　　数：200 千字
书　　号：ISBN 978–7–5207–3556–8
定　　价：240.00 元（全 10 册）
发行电话：（010）85924663　85924644　85924641

译　序

这套“无敌钥匙奶奶”系列故事，是写给小学生，尤其是低年级小学生的课外读物。一套十本。除了“钥匙奶奶”，每本出场的小学生和老师等人的名字各不相同，故事也不一样。因此，既可以作为系列故事阅读，又可视为各个相对独立的故事。

故事有很强的现实性，几乎每本都围绕儿童成长过程中时常遇到的一个问题展开。比如本来学习数一数二的孩子考试突然考了“35分”时应该怎么办？受到老师意外严厉的不公平的批评时应该怎么办？被同学误会了而自己又很难解释时应该怎么办？遇到个别同学对刚来的转学生或者外国学生不够友好时自己应该怎么办？爸爸妈妈因为工作忙而无法给自己办生日庆祝会时应该怎么办？同学患病的弟弟相信世界上真有圣诞老人并且想在平安夜见圣诞老人时自己应该怎么办？自己养的宠物狗被坏人拐跑时应该怎么办？去外国旅行时碰上莫名其妙或者感到害怕的场景时应该怎么办?

也就是说，这十本书关乎学习，关乎爱心，关乎勇气，关乎友谊，关乎同学之间的交往，关乎师生之间的关系，关乎求知欲、好奇心和想象力，也关乎亲子之间的理解和情感。对此，书中不仅提出了令人心悦诚服的解决方案，而且故事本身不落俗套，十分引人入胜。作者以敏锐的感觉、轻灵的笔触、温馨的情思刻画出了一个个善良勇敢、蓬勃向上、生动可爱的男孩儿女孩儿形象，为儿童的成长提供了许多有益的启示。

与此同时，“无敌钥匙奶奶”系列故事还有明显的童话元素。这集中体现在“钥匙奶奶”身上。她无所不能，来去无踪，总是在“钥匙孩儿”（因父母上班不在家而自己带钥匙的孩子）最需要帮助的时候忽然出现，又忽然消失。对于孩子——当然包括非“钥匙孩儿”——钥匙奶奶既是奶奶，又是妈妈、姥姥以至所有关心下一代的成年人的化身。她慈祥、坦诚、机智、幽默，不仅在现实生活中为孩子们排忧解难，而且以丰富的知识和阅历在思想品德上言传身教，告诉孩子如何做人，激发孩子的求知欲和想象力。前面说了，钥匙奶奶是唯一贯穿十本书的主人公。她像黄昏时分绚丽的夕晖，照得每个孩子发出动人的光彩，又像夜半旅途远方的灯火，引导孩子迈出坚实的脚步。

在这个意义上，这套书可以说是非童话体裁的童话，是极具日常现实性的童话。

曾几何时，童话字里行间静静流淌的小溪，滋润着你心间刚刚萌发的幼苗；童话纸页闪烁的点点银星，引发过你无边的遐思和幻想。而同时激起的初心和人生图像，无疑是你一生最可宝贵的精神财富。而现在，网络上的图像和视频在很大程度上消解或固化了童话催生的内心视像，限制了跳跃性思维的生成和发展。

跳跃性思维关乎悟性。什么是天才，天才就是悟性好的人。即使在这个意义上，也要回归童话，回归文字阅读。说绝对些，没有文字阅读，就没有童话。

文字阅读，当然要阅读好的文字。尤其是儿童，更要阅读好的文字。这是因为，儿童的语感、语言感受力十分稚嫩、敏感和脆弱。如果经常接触不适当的语言文字，势必影响儿童语感的萌发和形成，进而影响对于语言文字的审美感觉。也就是说，语感关乎美感，而美感关乎幸福感。幸福从何而来？无须说，在温饱不成问题的前提下，更多地来自日常性审美感受和审美能力。而语言文字审美占了其中很大一部分，甚至是其他审美感受的基础。

举两个最简单的例子。早上出门碰上好天气时，想起“天朗气清，惠风和畅”的人相比于想不起来的人，肯定要高一个审美层次。同样，看见一轮明月，想起“明月几时有”，看见晚霞，想起“落霞与孤鹜齐飞”的人，肯定比想不起来或者无动于衷的人多几分幸福感。正是在这个意义上，我曾说如果一个人不懂宋词之美，那可真是赔大了、损失大了——那等于主动放弃了几乎不用花钱就能得到的幸福感、“不劳而获”的幸福感！

然而必须说，现在的儿童读物、儿童文学，好的文字、好的语言似乎不是很多。至少我接触的翻译作品，情况大体如此。可能有不算很少的作者、译者觉得反正是给小孩子看的玩意儿，何必那么较真儿！而我认为，大人看的东西倒也罢了，而给儿童看的，必须较真儿，怎么较真儿都不为过。正是出于这样的认识、这样的使命感——请别怪我狂妄——我接受了东方出版社的翻译邀请，七十岁的我得以“冒充”七八岁、十来岁的儿童来翻译这十本书。这让我重拾童心，重回童年少年岁月，那真是一种妙不可言的幸福感。

但愿无数小读者在读的过程中，也会获得妙不可言的别样幸福感。我期待着！

二〇二三年于乡间书屋

时九台秋高气爽花果飘香

（林少华，文学翻译家，散文家，学者，中国海洋大学教授。祖籍山东蓬莱，1952 年生于吉林九台。毕业于吉林大学研究生院。曾任教于暨南大学、长崎县立大学，亦曾在东京大学从事学术研究。著有《落花之美》《为了灵魂的自由》《乡愁与良知》《高墙与鸡蛋》《雨夜灯》《异乡人》《小孤独》《林少华看村上：从〈挪威的森林〉到〈刺杀骑士团长〉》《言之无文行而不远》《林少华的文学课》。译有《挪威的森林》《海边的卡夫卡》《奇鸟行状录》《刺杀骑士团长》等村上春树系列作品，以及《心》《我是猫》《罗生门》《雪国》《金阁寺》《失乐园》《在世界中心呼唤爱》等日本名家作品凡一百余部，广为流布，影响深远。2018 年以其杰出的翻译成就和对中日文化交流的贡献获日本“外务大臣奖表彰奖”。）

目录

一封寄不出去的信

没有钥匙的钥匙孩儿——会有这样的孩子吗？

请看日吉村一个女孩儿写的信。

钥匙奶奶：

妈妈回家晚的时候，我就一个人看书，看《不可思议的钥匙奶奶》。边看边想，要是我家也住在哪个住宅小区里该有多好！

我上学不带钥匙，当然不会弄丢钥匙，所以不大可能见到钥匙奶奶。

日吉村没有住宅小区，没有公寓楼，也没有带着钥匙外出的孩子，谁都不可能见到你，我早就灰心丧气了。

但我还是想见钥匙奶奶。

山狸大胖、大胖的孩子胖胖和鲁鲁，新年之后就都不知去了哪里。哥哥心里也空落落的，近来很少说话。

爸爸到东京做工去了。

钥匙奶奶，也请来我家一次好吗？

日吉小学二年级　小原七海

日吉村是山谷里的一座村庄。

除了七海和她上三年级的哥哥庆太，还有几个没有钥匙的孩子。

村里人口不到一千人，从没丢过东西。因此村民早把锁门的事忘得一干二净。一般说来，即使前门锁了，绕到房后也有后门开着。

七海把写完的信装进粉红色信封。问题是，钥匙奶奶住在日本的什么地方呢？收信地址怎么写好呢？

这是一封不知道该寄到哪里的密信……

左思右想的七海如此嘀咕着，把没有收信地址的信悄悄地放进抽屉里。

“福在家，鬼在外”

二月三日立春前一天，庆太上学又迟到了。

妈妈一大早就开车去镇上一家旅馆打工去了——庆太在被窝里听见了汽车声，但他实在懒得起来。

最终庆太还是起来了。七海早把妈妈做的早餐吃完了。

“等哥哥的话我就迟到了，所以先走了哟！怎么叫你也不起来。”七海对哥哥说着。

日吉小学一个年级一个班，每个班都只有十来个学生。

背着书包的庆太，慢慢悠悠走在学校的走廊里。第一节课已经开始了。三年级教室就像是上着锁的铁门一样闪着冰冷冷的目光，似乎不想让庆太靠近。

“福在家！鬼在外！”

响亮的声音传来了，来自庆太的教室，豆粒从敞开的拉门咕咕噜噜滚了出来。

原来明天立春，大家正在播豆子[1]。

庆太一咬牙，轻手轻脚走进教室。“早上好”——无论如何也没能说出口来。

庆太一边听着直撞耳膜的播撒豆种的声响，一边低头把书包放在壁橱小格里。

“庆太！”

黑木老师的声音听得他吃了一惊。

“庆太，你也快和大家一起撒豆。

① 译者注：日本立春的前一天有种豆的习俗，一边播撒豆种一边说“福在家，鬼在外”。

你最近迟到够多的了，哪怕再冷，也不能总是钻在被窝里不起来的哟！”

“是……”庆太答应得含含糊糊。

“福在家！”老师也开始大声播撒豆粒。

但庆太孤零零站在壁橱跟前不动。欢快的声音听起来好像隔得很远很远。原来那么要好的阿真、阿清似乎也都远离了自己。他觉得再不能和他们好好相处了。

淘气包雄一嬉皮笑脸地说：“不错，迟到鬼也要赶去外面！”

说着，他把豆粒朝呆愣愣的庆太身上砸来。

“是啊，教室里好像是有个迟到鬼。好咧，把迟到鬼赶去外面！”说着，黑木老师也把豆粒扔了过来。

“顺便把丢三落四的健忘鬼也赶去外面！”就连阿清也朝庆太扔豆粒。

“迟到鬼，外面！健忘鬼，外面！”

阿清也好、女生们也好，全都兴高采烈地朝庆太扔起了豆粒。

不错，近来庆太丢三落四的时候是多了起来。可是，庆太心想，这么被全班一边说“迟到鬼”“健忘鬼”，一边往身上扔豆粒，大家也实在太过分了！

豆粒砸在身上倒是不疼。问题是，就连黑木老师也笑着扔了过来。

这种时候，要是逢场作戏地装神弄鬼，一蹦一跳地逃来躲去，那么一来大家欢喜，二来庆太说不定也会振作起来。

但庆太不是那种懂得变通的孩子。小小的豆粒仿佛穿过庆太身体的皮肤，直接击打着他那柔软的心，发出噼噼啪啪的声响。

庆太不由得奔跑起来，逃到走廊。

“鬼到底逃走喽！”

身后响起雄一嘲笑的声音。

眼睛里好像有什么涌起，马上就要夺眶而出——庆太使劲儿忍住。

反正我是迟到鬼、健忘鬼……

这时，老师的声音传来：“豆播完了。好了，清扫吧。庆太也进来！清扫完了上算术课。庆太，算术作业做了吧？”

“做了……”庆太从壁橱里的书包中掏作业本，心里突然“咯噔”一下。

书包里并没有作业本。昨晚拼命做好的作业，今早因为慌张而忘记放进书包了。

黑木老师皱起眉头说："健忘鬼还在这教室里不成？"

"喂——，健忘鬼，外面！"雄一叫道。

"辩解也没用，算了……"这么想着，庆太只管低头不语。

大家都怪我不好，自己没办法反驳别人。倒也是，近来我的确呆愣愣、傻乎乎的……

语文课堂上，老师的话成了耳旁风，庆太一个劲儿想那个可爱的大胖。

那是他去年刚上二年级的四月间发生的事。

“那是什么？”

七海发现小河里漂着一个奇怪的东西。庆太走进河里捞起一看，是个小小的动物，只剩一小口气了。庆太把它小心地带回家，给它喝加热的牛奶。

为了照看它，庆太夜里也不睡觉。那好歹活过来的就是山狸大胖。

毕竟不能将大胖留在空无一人的家里，庆太就把它带来学校，放在教室的一个角落里。

午餐时大家都喂它牛奶、面包。第一学期结束的时候，庆太从森真由美老师那里领到了一张“大胖成绩通知单”（见下页表）。

夏天，从东京回来的爸爸在后山挖了一个洞——“大胖之家”。

“山狸嘛，除了出入口，还要给它挖一条逃路。”说完，爸爸给大胖做了连接出入口的洞穴小窝。

成绩通知单

大胖，你在庆太君的饲养下，每天都来上学，从不旷课，并且成了全班的核心存在，活跃了班上气氛。为此予以奖励：

体育 4 分 淘气 5 分 任性 3 分

热情 4 分 食欲 5 分 清扫厕所 1 分

二年级班主任 森真由美 ㊞

看样子大胖很中意这个小窝。到了秋天，它长成了一只像模像样的大山狸。

冬天，大胖领来一只陌生的山狸。这家伙疑心重重，不吃庆太和七海给的食物。原来它是大胖心爱的“丈夫”。

“黑乎乎的，管它叫大黑好了！”

到了五月，洞里传来“咕呼咕呼”的动静——大胖生孩子了。

山狸一般一窝生六七只，但大胖只生了三只。

“哇，好可爱！”

庆太和七海给三只小山狸取了名字：胖胖、鲁鲁、娜娜，给它们喂牛奶，关怀备至。即使把它们抱在怀里，它们的母亲大胖也一副满不在乎的神情。

暑假期间，悲剧发生了。大黑被汽车撞飞了，受了重伤，站不起来了。

大黑不肯和人靠近，大胖就一个劲儿给它叼来食物，看着让人感动。

“渴了可不行，把面包用牛奶浸浸吧！”

大胖从庆太手里叼起面包，送到大黑身旁。

大胖不辞辛苦，喂大黑吃了庆太妈妈从旅馆拿回的鸡腿等各种各样的食物。不料，有一天大黑卡在了水流很急的河段的铁栅栏上，再也没能回来。大黑肯定是去喝水时滑下去爬不上岸的。

这还不算，到了秋意渐深的时候，长大的娜娜失踪了。

正月过年的时候，爸爸带了好多礼物回来，全家人在一起度过了十分开心的一周。然而，爸爸去东京以后，庆太发觉大胖、胖胖、鲁鲁都不见了。

都怪我，只顾和爸爸去滑雪，忘记喂食了！庆太这样责备自己。

他一边喊着“大胖”“大胖”，一边跑到积雪的山中。

大胖他们到底去哪里了呢？莫非不喜欢“大胖之家”了？还是说吃了用来捕野鼠的有毒食

物……应该不至于吧！

“庆太，你看哪里呢？”黑木老师的声音飘了过来。

庆太像小乌龟一样缩起脖子，眼睛落在打开的课本上。

迟到鬼，外面！健忘鬼，外面！

大家起哄的声音仍在耳底回荡。

奇怪的男孩儿

放学回家路上，白蝴蝶般的雪花，轻飘飘落了下来。

要是大胖它们在山里，这样的日子，食物问题怎么解决呢？冻得浑身发抖的庆太还在一心考虑大胖它们。

爬上长长的坡路，庆太家那座绿铁皮房顶的房子出现了。晃晃悠悠走过去的庆太，看见家门前站着一个衣着奇特的陌生男孩儿，心里一惊。

男孩儿皮肤白白的，年龄好像比自己小，披一件黑色斗篷，穿一条马裤，脚上是褐色长靴。

吃惊的庆太朝那男孩儿淡淡一笑。

“等你呢，庆太君！”

“你、你认识我？”

“不认识又怎么样？对不起，先让我进去嘛，有事儿跟你说。”

“事儿？什么事儿？”

“啊，进去再跟你说。”

那男孩儿开朗活泼，看上去不是坏孩子，于是庆太犹豫着说了声“请”，把他领到有地炉的房间。

说是地炉，其实是个有盖子的煤油炉。“咔嚓”，庆太打开炉子。

男孩儿不慌不忙脱去斗篷，里面的红蝴蝶结直晃眼睛。

男孩儿走去隔壁房间，拉开七海的书桌抽屉，取出七海写给钥匙奶奶的那封密信。

“这封密信里面，七海说她想见钥匙奶奶。但钥匙奶奶实在太忙，我就替她来了。我是钥匙小子。”

“哦，钥匙小子？！”庆太惊讶地眨巴着眼睛，“你……你是钥匙奶奶的孩子？”

钥匙小子开心地笑了起来：“你以为钥匙奶奶多大年纪了？我是钥匙奶奶的孙子！”

“原来是这样！”

“庆太君，把被炉[①]搬来嘛！唔，被炉好啊，暖暖和和的。”

两人面对面坐在被炉两侧。

---

① 编者注：一种日本传统的取暖用具，桌下安装取暖器，周围用被褥围起。

“对了，刚才七海从学校回来了，接着去了同学家……”

“你见到七海了？”庆太问。

“没有，我是来见你的。……当时你妈妈来了电话，说今天铁定要晚些回来。”

“那么，你来找我有什么事呢？我是钥匙孩儿，钥匙方面一切顺利。”

接下来，钥匙小子从上衣口袋里掏出一把钥匙放在被炉上面。那是一把带银链的、形状怪异的钥匙。

这时，不知从哪个空隙吹来一股风，冷得庆太脖子一缩。

“这把钥匙么，是来保护你的，给悲伤上一把锁，让你不再悲伤。大胖的事儿，你最好忘掉。”

“你知道大胖的事儿？现在大胖它们在哪儿？”庆太激动地问。

钥匙小子露出有些凄凉的神情：“最好忘掉。反正它们再不会回来了……”

“那、那是什么意思？为什么不回来了？”庆太紧追不舍。

“所以我不是说最好忘掉嘛！不再说这个了。另外，黑木老师和雄一、阿真、阿清他们，心眼是多么坏啊！

一口一个‘迟到鬼’、‘健忘鬼’，拼命往你身上扔豆粒。在我看来，那些家伙才是鬼！”

“你看见了？”

又一股冷风吹来。

“那还用说！我是钥匙小子嘛！你真是可怜得不得了！老师也和学生们一起起哄，会有这样的老师吗？全都不喜欢你，使劲儿往你身上扔豆粒，恨不得把你赶出教室——是这样的吧？”

庆太想起那时的凄惨场面，不禁

有些不安，心情也似乎糟糕起来。但他还是这样说道："可的确是我做得不好……"

钥匙小子定定盯视庆太的脸，轻轻笑道："你没有什么不好的！

"大胖小的时候，大家全都跟它玩得热火朝天，而大胖不见了，却一个个都不当一回事，只剩下你独自发愁。

"那么冷冰冰的班级，不去也无所谓的嘛！从明天开始不上学算了，来个'拒绝上学'！"

又一股冷风吹来。

庆太确实有点儿头晕，求助似的说："那种事做不得的。我好像不大舒服……"

"那就用右手把这钥匙抓紧！"

庆太按钥匙小子说的，把那把小小的黑钥匙紧紧抓在右手。

"喏，心情一点点开朗起来了吧？勇气一点点上来了吧？"

不错，心情振作起来了，头好像也不晕了。

"庆太君，这个给你了。这是一把能消除纠结、寂寞、胆怯的钥匙。"

钥匙小子把银链套在庆太脖子上，微微一笑：“你要是拒绝上学，黑木老师肯定吃惊地到你家来，还可能向你道歉。那种老师，随他怎么道歉好了！你明天不上学的吧？”

“嗯，我才不去呢！”庆太不由得脱口而出。

钥匙小子心神不定地站起身来：“那好，我得走了。我也够忙的！”

他抱起斗篷，在门口穿上长靴。

“我的事，最好不要告诉七海。好了，拜拜！”

说完，他拉开玻璃门，转眼消失在门外。

紧接着，七海伴随一股冷风回来了。

“你没碰见一个男孩儿吗？”庆太问。

“谁也没碰见呀！”七海一边拍身上的雪花一边回答。

奇怪啊！七海怎么会没看见呢？那孩子果然是钥匙小子，庆太心想。

然后，庆太一下下摇晃脖子上的银链，炫耀似的给七海看。

“这个钥匙坠儿，好看吧？”

“我什么也没看见，别开玩笑！”

钥匙坠儿好像并没有映入七海的眼睛。

突然，房子里的某处传来“哆来咪歌”。让人吃惊的是，那是好听的英语歌：

哆——，a deer，a female deer

来——，a drop of golden sun

两人禁不住面面相觑。难道是电视自动响了起来？

钥匙小子真的存在吗？

电视离厨房很近，动听的女性声音好像是从厨房传来的。

庆太和七海悄悄往厨房里一看，心里“咯噔”一下。

唱歌的竟然是钥匙奶奶！

钥匙奶奶瞧见他俩，顽皮地闭起一只眼睛，并且像唱歌一样欢快地说：“七海小姑娘，谢谢你的信。喏，钥匙奶奶来了哟！手提袋里装满了食材呢！”

七海欢叫起来："真是钥匙奶奶？您看到密信了？"

"啊，看了，当然。抱歉没有收信地址！可是，不管在哪儿我都能收到大家的信。"

"况且，就算七海小姑娘住在这不用钥匙的太太平平的村子里，钥匙孩儿也还是钥匙孩儿。受到钥匙孩儿爱戴的钥匙奶奶，怎么可能不来呢？庆太君，你也是这么想的吧？"

"这村子太太平平？我不这么想！"庆太冷冷地顶撞了一句。

“哎哟哎哟，火药味十足嘛！”钥匙奶奶故作惊讶地瞪大慈祥的眼睛。

“是啊，庆太君身上发生了好多事。一来山狸大胖它们不见了，二来扔豆粒那时候也很不好受。”

“不过，一切放心好了。事情一会儿慢慢说，得先把食材拿出来。”

“今天我要做一顿名叫帕埃拉的西班牙海鲜饭。正好这里有大大的双耳浅底锅和漂亮的汤盘。”

钥匙奶奶脱掉黑大衣，开始从黑色的大手提袋里掏各种各样的食材。

先是米，往下是一大瓶咖喱、大虾八只、青椒、红椒、海蚬、鸡肉、火腿、青豌豆、洋葱、藏红花、橄榄油。

“还有德国的肉丸汤！”

接着掏出来的有：牛肉末儿、鸡蛋、葱丝、清汤、盐、胡椒……

若有所思的庆太一咬牙说：“钥匙奶奶！您说一切放心好了，意思是说大胖它们在哪里活得好好的吗？”

“一点儿不错！在山上活蹦乱跳的。哦，你脸上蒙了一层那个奇怪男孩儿的阴影，喏喏……”钥匙奶奶一动不动地端详庆太的脸。

都怪钥匙小子！庆太战战兢兢。

“好在开始一点点消退了。”

说罢，钥匙奶奶扑哧一笑：“不过嘛，我这钥匙奶奶不应该有那种扎着蝴蝶结的时髦孙子啊！”

庆太情不自禁地摸一下拴在脖子上的钥匙坠儿，心里一惊。

“哦，黑钥匙没了！”

“嗬，有那玩意儿来着？”

钥匙奶奶容光焕发的脸上浮现出祥和的微笑。

“那玩意儿，七海小姑娘也没看见吧？怕是一开始就没有的吧？奇妙的男孩儿也一开始就不存在，是不是？”

“您是说钥……钥匙小子是不存在的？”

钥匙奶奶仍笑眯眯盯视庆太。

“钥匙小子？指的是谁？”感到莫名其妙的七海问道。

钥匙奶奶说：“是啊，饭过一会儿做，还是围着温暖的被炉把事儿说了吧！先满满来一杯茶……”

钥匙奶奶自己泡了一壶茶，舒舒服服地坐在被炉旁边。

“啊，好安静！真是能让人放松。城里住宅小区和高层公寓楼的孩子们真是可怜，小猫小狗也不能养。你们太幸福了！”

庆太觉得那个奇妙的男孩儿——钥匙小子的形象迅速淡了下去，真是不可思议，莫非钥匙奶奶有什么魔法不成？

“钥匙奶奶，钥匙小子真的不存在吗？”

“这些日子，我三天两头就听到钥匙小子的传闻。可是向见过钥匙小子的人一问，总觉得都好像就是自己想过头了。

“人累了或心理脆弱的时候，会做可怕的梦吧？钥匙小子嘛，可能就是从疲惫的心灵产生的类似噩梦那样的东西。”

原来是这样，庆太心想。

本想明天不上学了，原来那是从自己疲惫的心灵产生的念头。钥匙小子什么的，肯定压根儿不存在。

不过，慢着，庆太转念想道：也许钥匙小子是存在的，钥匙奶奶的到来就是为了制服钥匙小子……

这么想也不是不可以。不过，钥匙小子的事怎么都无所谓了。

“那么，大胖它们在哪里呢？”

“这才是最要紧的事情啊！”钥匙奶奶点了点头，从黑手提袋里取出一张剪报。

“先看这个，写的是去年失踪的娜娜的事。”

剪报上有个标题：“山寺里和人亲

近的山狸”，配了一幅山狸照片，照片上山狸正在分吃和尚的食物。

“这是娜娜？！”

钥匙奶奶听庆太这么大声，微微笑道：“是的，是娜娜。那座山寺，要从这里翻过五座山头才能到。据说可爱的山狸去那里要东西吃来着。剪报上说的和人亲近的山狸，就是娜娜。”

“太好了！很精神的嘛，娜娜！”

“还有，大胖它们去山里找同伴了。胖胖找活泼的女友；鲁鲁找温柔的男友；大胖嘛，找下一任丈夫。找到丈夫了，大胖还会返回大胖之家的。”

“真的？”

庆太和七海险些欢呼雀跃。

“真的。你俩不必自责。哦，墙上不是贴着大胖的成绩通知单吗？”

钥匙奶奶饶有兴趣地看着已经相当旧的发给大胖的通知单，继续说道：

“庆太君，今早班上的撒豆活动中，你被说成‘迟到鬼’‘健忘鬼’，这很让你气恼吧？”

“有这种事来着，哥哥？三年级撒豆我倒是知道……”七海吃惊地问。

面对低下头的庆太，钥匙奶奶继续和颜悦色地说：“可是，庆太君，你好像误会了。‘迟到鬼’‘健忘鬼’，那会是你自己吗？老师和同学是把你当成鬼才往你身上扔豆粒的吗？仔细想想看！是不是？

“‘迟到鬼’‘健忘鬼’，指的是住在心里的鬼。老师和同学是想把那些鬼从你心里赶出去。而想把你本人赶走的，一个也没有。是吧？”

“原来是这么回事！”庆太恍然大悟，“我没意识到。”

钥匙奶奶重重地点了下头：“老师要是把这点跟你讲了就好了。想必老师也察觉了，正在反省自己。”

“钥匙奶奶……”庆太说，“如果‘迟到鬼’‘健忘鬼’住在我心里，那么，钥匙奶奶你也一定住在我心里吧？”

“庆太君真会说话啊！咦，惊喜！那是什么声音？”

“嗑嗤嗑嗤”，声音很轻，像是从院子的玻璃拉门那边传过来的。

“砰”，庆太从被炉旁边跳了出去。“是大胖！它总是这么讨东西吃！”

七海也跑了出去。庆太“咣啷”拉开玻璃门，叫道：“钥匙奶奶，是大胖！”

大胖蹲在暮色笼罩的积雪院子里，扬脸看着兄妹俩。

庆太顾不上穿鞋，忘我地跳进院子。七海也跟了过去。

“大胖，你可回来啦！”

庆太和七海不断摸着满身雪花的大胖的脖子和肚皮。

“咕——咕——”大胖撒娇似的叫着。

“怕是肚子饿了！”

钥匙奶奶切了两大块鸡肉，放在纸上递给七海，并且指着院子的对面。

大家一看，发现离后山很近的柿树下面，模模糊糊现出一只山狸的身影。

“是大胖的新老公！”七海兴奋地说。

大胖津津有味地吃了一块鸡肉，

然后叼起另一块往新老公那边跑去。

“给钥匙奶奶说中了。”

庆太目送往后山跑去的两只灰色山狸，自言自语地说：“胖胖和鲁鲁，往后也要在山上生活了！”

荧光灯大放光明的厨房里，传来钥匙奶奶唱的“DO RE MI”，歌声嘹亮，富有节奏感。

Do Re Mi Fa So La Ti Do

Do Ti La So Fa Mi Re Do

同时传来菜刀“咔嗒咔嗒”的切菜声。

对了，把钥匙奶奶唱的英语“DO RE MI”歌抄在这里吧，你也跟钥匙奶奶一起唱可好？

DO RE MI

“DO－RE－MI”：奥斯卡·汉默斯坦二世/词

理查德·罗杰斯/曲

连环画剧——“空隙魔”和“吹牛鬼”的故事

不知不觉之间，钥匙奶奶做出了这么棒的饭菜！

被炉上摆着厚厚的压了一层海蚬、虾、咖喱的西班牙海鲜饭，散发着诱人的香味儿。

这边大碗里热气腾腾的，是德国风味汤，棒球大小的肉丸整个儿掉在汤里。

此外还有草莓蔬菜沙拉和葡萄柚。

“哇，太棒了！”庆太和七海两眼放光。

“好了，吃吧，趁热！”钥匙奶奶劝道。

庆太说：“明天到学校一说大胖回来了，大家肯定欢天喜地。”

“明天立春，日历上是春天了。感觉会有什么好事发生。”

庆太和七海兴致勃勃地吃着。钥匙奶奶笑吟吟看着两人，随手拉过黑手提包说：

“好了，钥匙奶奶的连环画剧要开演了！”

手提袋里的连环画剧的题目是：

“空隙魔”和“吹牛鬼”的故事

“‘空隙魔’是什么家伙，什么样的恶魔？”庆太咕嘟吞了一口热汤，问道。

钥匙奶奶有些故弄玄虚地做了个鬼脸。

“钥匙小子要稍稍出场的，庆太君

你别介意。还有个传说里的小恶魔、坏心眼儿，动不动就吹牛，就叫他‘吹牛鬼’吧！这个故事让人开心，正好帮助消化这海鲜饭。”

钥匙奶奶的连环画剧开始了。

过去有个小恶魔，像空隙风一样悄悄吹进伤心、寂寞的人的心头空隙。

这就是“空隙魔”。“空隙魔”有一把纯金钥匙，用那把钥匙给人心上锁。

心一旦上锁，那个人就失去了希望，

再也不和别人说话，再也不笑，一个人形单影只。

那岂不正是钥匙小子！

庆太大吃一惊。他仍然觉得自己好像实际见到了那个男孩儿。

可那不过是一场梦！

庆太摇了一下头，继续看连环画剧。

一天，“空隙魔”化作一个商人，骑着驴赶路。这时，他看见一个牵马的小男孩儿在树荫下歇息。

“空隙魔”看上了那匹马，就想骗到自己手里。他向男孩儿打招呼：“小哥儿好！和伯伯来个吹牛比赛好吗？要是你赢了，这只驴就给你；如果伯伯赢了，就把那匹马给我，怎么样？”

“伯伯您是大人，要是我赢了，除了驴还得给我点儿别的什么才行。”男孩儿天真地应道。

“空隙魔”心想，欺骗这么小的孩子，那还不容易！于是出示自己的金钥匙：“再搭上这把金钥匙，好不好？”

“好！那伯伯您先吹个牛给我听！”

“没问题。这是个绳子人的故事。”

“空隙魔”在心里伸了伸红舌头：那匹好马这下就成我的喽！他讲了起来：

月亮上有个整个宇宙最高的男子，站起来，脑袋就会碰到星星。所以，他只好总是躺着不动，简直就像一条绳子。

不料，有一天他的脚心突然痒了起来。你猜绳子人是怎么挠自己脚心的？

简单着呢！绳子人“咔哧咔哧”挠着伸在眼前的脚心。这是因为，绳子人的身体已经长得把整个月亮都缠了一圈！

“这就讲完——了！”

“就这些？”男孩儿问。

“不错。难道你能讲一个比这更厉害的？”

“把握不大。试试吧！”

男孩儿讲了起来：

在我很小很小的时候，头发全是白的，雪白雪白，走路要拄着拐棍。

我养了会生金蛋的蜜蜂。蜂箱的数量，怕是和住在地球上的人的数量一样多。

每天我都清点这些宝贝蜜蜂的数量，

一只都不落下。一共多少呢？八十八兆九千三百三十二亿四千八百六十六万九千九百七十三只。

“嗬，这可真够意思。往下？”“空隙魔”感叹道。

其中有一只鸽子那么大的蜜蜂。我把自己的床绑在那只蜜蜂的腿上，然后躺在床上——“喂，带我周游世界！”

那只腿上绑着我的床的蜜蜂飞上天空，“嗡嗡”叫着在云中飞行。不久，它落在地面上。您猜那里是哪里？

虽说不是绳子人，但也整整绕了地球

一圈，回到我的家中。

“咕哇——”家中响起婴儿的哭声。怎么回事呢？一看，原来是我的爸爸降生到这个世界上来了！

“噢，是你爸？往下呢？”“空隙魔”情不自禁地被吸引住了。

“刚刚出生的爸爸对我说：‘给你取个合适的名字吧！’后来我就一直叫那个名字。”

“唔，叫什么名字？”

彻底听入迷的“空隙魔”紧追不舍。

男孩儿冷冷一笑，回答说：“我的名字

叫‘吹牛鬼’。你的驴也好、金钥匙也好，可都成我的喽！”

这么着，坏心眼儿的“空隙魔”这个小恶魔，被变成男孩的“吹牛鬼”拿走了再宝贵不过的纯金钥匙。

“庆太君，七海小姑娘，钥匙奶奶的连环画故事这就讲完了哟！”

尾声

打着一把粉色伞的钥匙奶奶从庆太家出来，沿着积雪的坡路迈着碎步走了下去。

奇怪的是，雪路上一点儿也没留下那双白色长靴的脚印。

“咕——”，后山上传来尖锐的声响，想必是山狸的叫声。

雪静悄悄地下个不停，日吉村笼罩在越来越深的夜色里。

不久，一辆轮子缠着铁链的绿色小汽车在庆太家前面停了下来，下车的女子急匆匆走进家门。

是的，那是庆太和七海的妈妈。

家里收拾得和早上没什么两样，兄妹俩已呼呼睡得正香。

“对不起，因为今天有人没来上班……”妈妈朝两人低声说了一句，把葡萄柚放在被炉上。她看到床头枕旁有一张纸条和一张剪报，便轻轻拿起，上面写道：

妈妈：

今天大胖回来了。胖胖、鲁鲁、娜娜都有好消息，明天告诉您。

明天早上，请早些叫醒我们。

庆太 七海

剪报上面的山狸照片旁边写着：“娜娜！”

妈妈用充满温情的眼神看着庆太和七海的小脸，看了很久很久。

后 记

最近看报，总觉得好像真有给人心上锁的“空隙魔”（钥匙小子）。不过，这小恶魔就像钥匙奶奶说的，只怕是脆弱心理制造的幻影。

离开东京去外地采风，常有钥匙奶奶最最喜欢的孩子问我：“钥匙奶奶会来高层公寓和住宅小区这里吗？”我想，那么精力充沛、那么关爱钥匙孩儿的钥匙奶奶怎么会有不去的地方呢？

这本书开头的信，是以长野县南木曾读书小学的一名女生的来信为基础写的。山狸大胖的故事，是从木曾镇大桑中学的砚村俊辅老师的口中听来的，不过我多少做了一些改动。

这么着，我写出了味道有所不同的钥匙奶奶。在此表示感谢！还要谢谢冈本飒子女士，这回也够辛苦的了！

手島悠介